ÉDITION DE LA REVUE « *LE FEU* »

ÉMILE RIPERT

ÉLOGE

DE

CLÉMENCE ISAURE

Prononcé au Capitole de Toulouse
dans la Séance Solennelle
de l'Académie des Jeux Floraux
le 3 Mai 1912

PARIS

E. BASSET & Cie

ÉDITEURS

3, Rue Dante, 3

1912

ÉLOGE

DE

CLÉMENCE ISAURE

ÉMILE RIPERT

ÉLOGE

DE

CLÉMENCE ISAURE

Prononcé au Capitole de Toulouse
dans la Séance Solennelle
de l'Académie des Jeux Floraux
le 3 Mai 1912

PARIS

E. BASSET & Cie
ÉDITEURS
3, Rue Dante, 3

1912

DU MÊME AUTEUR :

Le Chemin Blanc, poésies (Bibliothèque Char-
pentier). Fasquelle, éditeur, 1904 . 1 vol. **3 50**

Le Golfe d'Amour, poème (Édition du *Feu*).
Falque, éditeur, 1908. . . . . . . 1 vol. **2 »**

Le Couronnement de Musset, poème dramati-
que (Édition du *Feu*), 1910. . . 1 plaq. **1 »**

La Terre des Lauriers, poèmes, Bernard-
Grasset, éditeur (Prix National de poésie
1912) . . . . 1 vol. **3 50**

POUR PARAITRE PROCHAINEMENT :

L'Or du Soleil, roman.

Au cœur de nos Villes, nouvelles.

EN PRÉPARATION :

Le mouvement Provençal (étude critique, 1800-1860).

Le Rameau d'olivier, poèmes.

Si je viens aujourd'hui vers la rose des roses,
Si je suis accueilli parmi tant de splendeur,
Si, laissant pour un jour les travaux et les proses,
Vous me voulez debout devant ces fleurs écloses,
Si je viens aujourd'hui, c'est en ambassadeur.

Souffrez que cet honneur je le rapporte à Celle
Qui depuis mon berceau m'a tendrement nourri,
Qui, me communiquant la divine étincelle,
A fait de mon esprit une simple parcelle
De son multiple esprit qui pleure et qui sourit.

Ce que vous accueillez ce n'est pas un poète
Dont la très-humble voix hésite et tremble encor,
C'est celle dont le nom lui-même est une fête,
Celle dont la couronne avec des fleurs est faite,
C'est ma Provence, la Provence aux îles d'or.

Un autre, et bien plus grand, vous porta son hommage ;
Mais, vieillard glorieux au repos mérité,
Dans Maillane, sculptant son immortelle image,
Poète et souverain, visionnaire et mage,
Il confronte son rêve avec l'Eternité.

Ah ! comment après lui vous dire... ? — Mais, ô ville,
Vous avez bien voulu fleurir mon jeune front...
Laissons à d'autres cœurs le détour inutile...
Qu'importe ce que vaut la mesure et le style ?...
Les grands pins de chez nous en mes vers chanteront.

Acceptez leur senteur marine et forestière ;
Je vous porte le port, l'église et la maison,
Le sommeil près des flots du petit cimetière ;
Je vous porte surtout la grande ville altière
Qui voit tout l'Orient s'ouvrir à l'horizon.

Marseille me délègue aujourd'hui vers Toulouse ;
Heureuse elle vous voit grandir de jour en jour ;
Votre joie est la sienne et, fière, elle l'épouse,
Car la gloire n'est pas de la gloire jalouse ;
Elle emprunte ma voix pour dire son amour...

*
* *

Mais était-il besoin de cette messagère ?...
Entre nos deux cités radieuses s'étend,
Ainsi qu'un long miroir oú l'azur s'exagère,
Ainsi qu'un long ruban de lumière légère,
La ligne de la mer, du fleuve et de l'étang.

Aussi bien le passé nous oblige et nous lie ;
Nos villes qui sont sœurs l'ont de tout temps été ;
Sur nos places de joie ou de mélancolie
Les soleils tour à tour d'Espagne et d'Italie
Mêlent l'enchantement d'un éternel été.

Des montagnes au loin dressent leur forme ardente ;
Le vent qui vient vers vous dit le Cid ou Roland ;
Nous, la brise nous souffle, enjôleuse ou stridente,
Les sonnets de Pétrarque ou les tercets de Dante ;
Mais c'est la même flamme et c'est le même élan.

Notre sang a saigné pour une même cause :
En criant : « Avignon, Toulouse », nos aïeux
Ont fait notre sol rouge et votre fleuve rose,
Et, lorsque commençaient les âges de la prose,
Ce fut le même deuil digne et silencieux.

Ce fut la même ardeur au travail, un peu sombre,
Comme si l'or du gain consolait assez mal
De se sentir les fils d'une race qui sombre,
Et Marseille et Toulouse offraient à toute l'ombre
Leur sourire voilé d'un regret vespéral.

Maintenant, à défaut de plus haute victoire,
Ce sont les deux clous d'or fixant, avec Paris,
La carte de la France au grand mur de l'Histoire ;
— D'autres souhaiteraient encore cette gloire ;
Notre cœur en est fier, mais n'en est pas surpris.

Peut-être étions-nous faits pour d'autres destinées...
Mais, nés pour commander, nous savons obéir ;
Nous n'avons pas courbé nos têtes obstinées,
Mais nos mains qui se sont loyalement données,
Nos mains ne savent pas trahir ni défaillir.

France, ce sont vos sœurs... Voyez-les : la Provence
S'avance ayant aux mains le rameau d'olivier...
Mais Toulouse avec ses violettes s'avance,
Et je vois qu'elle a pris vos traits, Dame Clémence,...
A quel tournoi d'amour veut-on me convier ?

Vos traits, mais rien n'est plus suavement instable ;
Comme l'onde et le ciel, vos traits... ils sont changeants ;
Oh ! qui définira votre âme véritable,
Dame à votre balcon, Vierge à votre rétable,
Sous ces traits tour à tour railleurs ou indulgents ?

Muse au front de Madone et Vierge aux yeux de Muse,
Nonne dont le couvent a des grilles d'azur,
O vous qui détenez par quelque noble ruse
Ce qui nous sanctifie et ce qui nous amuse,
Rose mystique, mais qui dépassez le mur,

Colombe qui nichez aux myrtes du bocage,
Reine dont le collier a l'air d'un chapelet,
Savante au cœur de sainte et sainte au beau langage,
Vous dont l'aspect arrête et dont le chant engage,
Sur votre front pensif luit un double reflet.

Sur votre lèvre flotte une double caresse ;
Ame du pays d'oc, qui savez allier
A la foi de Jésus l'hellénique allégresse,
Le grand vent de Judée et la brise de Grèce
Sont venus visiter votre esprit familier ;

Vous qui vous exaltez aux soupirs d'une antienne
Comme à ceux du printemps dans les feuillages mous,
Ame palladienne à la fois et chrétienne,
Il n'est rien que de vous un poète n'obtienne,
Filleule de Minerve et de Marie, ô vous

Qui décorez de fleurs le seuil du monastère,
O vous qui saluez dans le matin pascal
La résurrection du Christ et de la terre,
Et qui, lorsque vient Mai, ne pouvez plus vous taire,
Tant le printemps en vous met son double idéal...

Des chants les plus divers se fait votre harmonie ;
Vous prenez, pour bercer le désir éternel,
Tous les noms que vous veut l'amour ou le génie :
Maurice de Guérin vous appelle Eugénie,
Et vous êtes Zani pour le cœur d'Aubanel.

Un autre vous nomma sa Princesse lointaine,
Un autre mit un peu d'étoile en votre nom
Où déjà l'or avait sa magique fontaine,
Et d'autres maintenant vous voient, triste et hautaine,
Faisant d'un capulet un sombre gonfanon.

Cependant on vous reconnaît sous vos visages
Tour à tour éclairés, graves ou soucieux ;
Toujours debout auprès des héros ou des sages,
Votre noble sourire a réuni les âges ;
La lumière divine habite dans vos yeux...

* *
*

Et moi je viens vers vous humblement, je m'incline
Sous la double splendeur que versent vos regards,
Et comme un pèlerin, debout sur la colline,
Voit fuir sous des vapeurs de molle mousseline,
Tout un nouveau pays où des toits sont épars,

Je scrute du regard cette ville éclatante
Que vous avez voulu entre toutes choisir,
Et, parmi tant de voix dont la douceur me tente,
J'écoute et j'interroge en ma fiévreuse attente
Votre âme recueillie en son grave loisir...

Dame Clémence, je vous entends, vous me dites :
« Lorsque tu reviendras vers le Rhône demain,
Lorsque tu reverras, d'abord toutes petites,
Puis plus grandes, avec leurs pierres qui méditent,
Arle et Beaucaire en pleurs au bord de ton chemin ;

« Et lorsque, par la Crau grand ouverte et bleuâtre,
Ta course roulera vers l'horizon marin,
Alors crie au pêcheur, au laboureur, au pâtre,
Au passant surpris, crie et chante, opiniâtre,
Le saint enseignement de mon savoir serein.

« Dis-leur que le travail n'est beau que dans la joie,
Que la graine au sillon savait le jour vermeil,
Que, si divers que soit le but de chaque voie,
C'est la même clarté qu'il faut que l'on y voie,
Comme tous les chemins sont clos par du soleil ;

« Et quand tu reverras ta ville, où les carènes
Frémissent, attendant de s'ouvrir un chemin,
Dis-lui que pour voguer au sein des mers sereines
Un navire a besoin que veillent, souveraines,
Les étoiles du ciel et du génie humain,

Et qu'il convient ainsi qu'en ses flancs il emporte
Non pas uniquement l'or de l'huile ou du blé,
Mais l'orgueil de sentir qu'une âme au loin l'escorte,
Que ce qui doit emplir sa coque frêle et forte
C'est l'Esprit et l'Amour, bel or immaculé... »

Dame, vous vous taisez... Ah ! qu'importe !... J'écoute
Vos grands mots retentir dans l'azur de ce jour,
Et je vais retourner vers la lutte et le doute,
Plus fort, en emportant avec moi sur la route,
Clémence, vos conseils, Toulouse, votre amour.

CAVAILLON. — IMPRIMERIE MISTRAL

ÉDITIONS DU " FEU "

Henri ASSELIN

Le Cendrier, notes. . . . . 1 vol. **3.50**

Valère BERNARD

Au long de la Mer latine . . . . 1 vol **2** »

Mario MEUNIER

Antigone, traduction de *Sophocle* . . 1 vol. **2**

Francis DE MIOMANDRE

Écrit sur de l'Eau (prix Goncourt 1908). 1 vol. **3.50**

**Aventures merveilleuses D'Yvan Da-
nubsko, prince valaque,** roman . 1 vol. **3.50**

Émile RIPERT

Le Golfe d'Amour, poème . . . . . 1 vol. **2** »

Le Couronnement de Musset, poème . 1 vol. **1** »

Émile SICARD

L'Allée Silencieuse, poèmes. . . . 1 vol. **3.50**

La Mort des Yeux, roman . . . . 1 vol. **3.50**

L'Ardente Chevauchée, poèmes. . . 1 vol. **3.50**

Héliogabale, tragédie lyrique en 3 actes, 1 vol. **3.50**

Films . . . . 1 vol. **3.50**

Charles ORSATTI

Le Village au Fond du Golfe, poésies. 1 vol. **3.50**

Francis CARCO

Instincts . . . . 1 vol. **1.25**

J. et P. FIOLLE

Les Patibulaires, mœurs médicales. . 1 vol. **3.50**

Jean THOGORMA

Lettres sur la Poésie. . . . . . . 1 vol. **1** »

Albert ERLANDE

L'Enfant de Bohême. . . . . . . 1 vol. **3.50**

Cavaillon. — Imprimerie MISTRAL (Téléphone 20).